दानवीर कर्ण

विवेक कुमार पांडे शंभूनाथ

क्रम-सूची

प्रस्तावना

इस किताब को लिखने के दौरान कोई भी धर्म या जाति एवम् किसी भी परिवार के सदस्य को नुक्सान नहीं पहुंचाया गया है। हम किसी को भी ठेस नहीं पहुंचाना चाहते हैं। इस किताब में दानवीर कर्ण और अन्य योद्धा की कहानी है।

भूमिका

- **लेखक जीवनी**

मेरा नाम विवेक कुमार पांडे है और मैं एक लेखक हु , में गुजरात के सुरत में निवास करता हूं.मेरा जन्म ३० सेप्टेंबर २००२ में हुआ था, और मुझे बचपन से एक्टर बनने का सोख रहा है और अभी भी है.। में कभी ये नहीं सोचता की लोग क्या कर रहे हैं में ये सोचता हूं कि में क्या कर रहा हूं, में आज सफल हूं तो अपने पापा की वजह से आज वो रहते तो उन्हें बहुत खुशी होती , वो सदा और हमेशा मेरे साथ रहेंगे.। मेरे रियल लाइफ के सुपरस्टार और सुपर हीरो मेरे प्यारे पापा है । आई लव यू पापा । पापा को मेरे हाथ कि चाय बहुत अच्छी लगती थी ।

जब उनका मन करता था चाय पीने के लिए तो वो कहते थे । मुझे चाय पीना है कौन बनाएगा मम्मी कहती में बना देती हूं लेकिन पापा कहते नहीं मेरा बेटा बनाएंगा । उसके हाथ कि चाय मुझे बहुत अच्छा लगता है । जब भी काम करके घर आने वाले होते हैं तब मुझे फोन करते है विवेक बेटा बोलो क्या खाओगे सेब ले लु । में कहता ठीक है पापा ले लिजिए । पापा कहते कितना लू एक किलो या 2 किलो । में कहता नहीं पापा सिर्फ में ही खाता हूं भईया और दीदी को फल अच्छा ही नहीं लगता है इसलिए 3 सेब ले लेना । लेकिन पापा मेरे लिए दो तीन किलो फल लेकर आ ही जाते थे । पहले ले लेते फिर मुझे फोन करते । हमेशा ऐसा ही करते थे ।

में ये नहीं कह रहा हूं कि मुझे बहुत ज्यादा प्यार और मानते थे । वो अपने तीनों संतानों को प्यार करते थे । सबसे छोटा तो में ही था घर में , मुझसे बड़ी मेरी बहन और मेरी बहन से भी बडे मेरे भईया । में आज भी वो दिन का इंतजार कर रहा हूं जब पापा मेरे लिए कुछ लेकर आएंगे । मेरे कान तरस रहे है वो आवाज़ सुनने के लिए । लेकिन कहते हैं जो चीज चली जाए वो कभी लौटकर नहीं आती है । आप सभी से निवेदन है

आप अपने मम्मी और पापा का ध्यान रखें । दुनिया में एक ही भगवान है वो है माता ओर पिता ।

में बहुत ही शरारती था बचपन में । मुझे किताब लिखने का शोख बचपन से ही था । जब में तीसरी कक्षा में पढ़ता था । तब से ही किताब लिखता था में और मेरा दोस्त हम दोनों किताब लिखके सभी को दिखाते थे और कहते थे जिन्हें मेरा किताब अच्छा लगे तो अपना हस्ताक्षर कर दे । मेरे अंदर एक बहुत ही खास विशेषता है में किसी के चक्कर में नहीं रहता हूं । कौन क्या कर रहा है करने दो मुझे कुछ फर्क नहीं पड़ता है । मुझे सिर्फ अपने आप पर ध्यान देना है ।

क्योंकि दुनिया में ऐसे भी लोग हैं जो नहीं खुद कुछ करना चाहते हैं और नहीं दुसरो को कुछ करने देना चाहते हैं । एक बात ध्यान रखें अगर आप कोई भी नया काम करते हैं तो पहले लोग ताना मारते ही है । ये मत करो वो मत करो तुम्हारे बस कि बात नहीं है , तुम नहीं कर सकते हो . मुझे यह पता नहीं चलता लोग इतना सुझाव क्यों देते हैं । हमें जो करना है हम वहीं करेंगे । कई लोग हैं जो दुसरो के कहने पर वही करते हैं लेकिन मैं आपसे कह रहा हूं आप जो करना चाहे वो करे किसी के कहने पर खाई में मत कुदे । आपकी जिंदगी आपके ही हाथों में है लोगों के हाथों में नहीं है ।

मेरा बस एक ही सपना है की में नाम कमाकर अपने पिताजी का अधुरा सपना पूरा करूं ।

1

दानवीर कर्ण

- दानवीर कर्ण

कर्ण कुंती का पुत्र था| पाण्डु के साथ कुंती का विवाह होने से पहले ही इसका जन्म हो चुका था| लोक-लज्जा के कारण उसने यह भेद किसी को नहीं बताया और चुपचाप एक पिटारी में रखकर उस शिशु को अश्व नाम की नदी में फेंक दिया था| इसके जन्म की कथा बड़ी विचित्र है|

राजा कुंतिभोज ने कुंती को पाल-पोसकर बड़ा किया था| राजा के यहां एक बार महर्षि दुर्वासा आए| कुंती से उनका बड़ा सत्कार किया और जब तक वे ठहरे, उन्हीं की सेवा-सूश्रुषा में रही| इसकी इस श्रद्धा-भक्ति से प्रसन्न होकर महर्षि ने उसे वार दिया कि वह जिस देवता को मंत्र पढ़कर बुलाएगी वही आ जाएगा और उसको संतान भी प्रदान करेगा| कुंती ने नादानी के कारण महर्षि के वरदान की परीक्षा लेने के लिए सूर्य नारायण का आवाहन किया| बीएस उसी क्षण सूर्यदेव वहां आ गए| उन्हीं के सहवास के कारण कुंती के गर्भ से कर्ण का जन्म हुआ| जब पिटारी में रखकर इस शिशु को उसने फेंक दिया, तो वह पिटारी बहती हुई आगे पहुंची| वहां अधिरथ ने कौतूहलवश उसे उठा लिया और खोलकर देख तो उसमें एक जीवित शिशु देखकर वह आश्चर्य करने लगा|

अधिरथ उस शिशु की निरीह अवस्था पर करुणा करके उसे अपने घर ले आया और उसका पालन-पोषण करने लगा| उसने उसे अपनी संतान समझा| बालक के शरीर पर कवच-कुण्डल देखकर उसको और भी अधिक आश्चर्य हुआ और तभी उसे लगा कि वह बालक कोई होनहार राजकुमार है| उसने उसका नाम वसुषेण रखा| वसु का अर्थ है धन| कवच, कुण्डल रूपी धन उसके पास था| विधाता ने ही उसको इसे दिया था, इसलिए उसका नाम वसुषेण उचित ही था|

वसुषेण जब कुछ बड़ा हुआ, तो उसने शास्त्रों का अध्ययन करना आरंभ कर दिया| वह सूर्य का उपासक था| प्रातःकाल से लेकर संध्या तक वह सूर्य की उपासना ही किया करता था| दानी भी बहुत बड़ा था| उपासना के समय कोई भी आकर उससे जो कुछ भी मांगता, वह बिना हिचकिचाए उसको दे देता था| अमूल्य से अमूल्य वस्तु से उसको मोह नहीं था| उसका गौरव तो दानवीर कहलाने में था और अपने कृत्यों से उसने वास्तव में यह सिद्ध भी कर दिया कि वह दानवीर था| उसके समान दानी कौरवों और पाण्डवों में और कोई नहीं था| उसका परिचय तो हमें उस समय मिलता है, जब इंद्र ब्राह्मण का वेश धारण करके उसके पास उसकी अमूल्य निधि कवच-कुण्डल मांगने गया था| उस समय कर्ण ने देवराज का स्वागत किया था और सहर्ष अपने कवच-कुण्डल उतारकर दे दिए थे|

दान करते समय अपने हित या अहित विचार वह नहीं करता था| यद्यपि सूर्य भगवान पहले उसे मना कर चुके थे कि वह इन कवच-कुण्डलों को किसी को भी न दे, लेकिन दानवीर कर्ण किसी याचक को निराश करके वापस लौटाना तो जानता ही नहीं था| कर्ण के इस साहस के कारण ही उसका नाम वैकर्तन पड़ा था| यदि इस कवच-कुण्डलों को वह नहीं देता तो कोई भी योद्धा उसे युद्ध में परास्त नहीं कर सकता था| इंद्र ने अर्जुन के हित के लिए ही इनको मांगा था, क्योंकि इनके बिना अर्जुन कभी भी उसे नहीं हरा सकता था| फिर भी उसके इस अद्वितीय गुण से प्रभावित होकर इंद्र ने उसको एक पुरुषघातिनी अमोघ शक्ति दी| उस शक्ति से सामने का योद्धा किसी भी हालत में जीवित नहीं बच सकता था और उसको कर्ण ने अर्जुन के लिए रखा था, लेकिन श्रीकृष्ण

ने चाल चली और कर्ण की उस शक्ति को घटोत्कच पर चलवाकर अर्जुन के जीवन पर आए इस खतरे को सदा के लिए मिटा दिया|

घटोत्कच, जो आकाश में विचरण करके कौरवों पर अग्नि की वर्षा कर रहा था और जिसने एक बार तो सारी सेना को पूरी तरह विचलित कर डाला था, शक्ति लगते ही निर्जीव होकर पृथ्वी पर गिर पड़ा|

धनुर्विद्या में कर्ण अर्जुन के समान ही कुशल था| एक बार जब महाराज धृतराष्ट्र की आज्ञा से कौरव-पाण्डवों की अस्त्र-शिक्षा की परीक्षा के लिए एक समारोह किया गया था, तो अर्जुन ने अपने अस्त्र-शिक्षा के कौशल से सबको चकित कर दिया था| उसने ऐसी-ऐसी क्रियाएं कर दिखाई थीं| कि किसी भी योद्धा की हिम्मत नहीं होती थी कि उसका जवाब दे सके| एक विजेता की तरह के कौशल दिखाकर वह प्रशंसा लूट रहा था| दुर्योधन उस समय हतप्रभ-सा होकर चुपचाप बैठा था| अर्जुन का-सा कौशल दिखाना उसके सामर्थ्य के भी बाहर था| उसी समय कर्ण वहां आ पहुंचा और उसने मैदान में आकर अर्जुन को ललकारा, "अर्जुन ! जिस कौशल के बल पर तू यहां सबको चकित कर रहा है और सभी से प्रशंसा लूट रहा रहा है, उसे मैं भी करके दिखा सकता हूं|"

यह कहकर उसने धनुष पर बाण चढ़ाकर वही सबकुछ कर दिखाया, जो अर्जुन ने किया था| चारों ओर से कर्ण की जय-जयकार होने लगी| दुर्योधन का चेहरा अर्जुन के प्रतिद्वंद्वी को देखकर खिल उठा| उसने उसे हृदय से लगा दिया| उसने उसे अर्जुन के साथ द्वंद्व युद्ध करने के लिए प्रेरित किया| दुर्योधन की बात मानकर उसने अर्जुन को इसके लिए चुनौती दी| अर्जुन द्वंद्व युद्ध के लिए तैयार हो गया| अब झगड़ा बढ़ने की आशंका थी, इसलिए कृपाचार्य ने बीच में हस्तक्षेप करते हुए कहा कि राजकुमार के साथ राजकुनार का ही द्वंद्व युद्ध हो सकता है| चूंकि कर्ण सूत के द्वारा पाले हुए हैं, इसलिए इनके गोत्र, कुल आदि का ठीक-ठीक पता न होने के कारण इनको अर्जुन से द्वंद्व युद्ध करने का अधिकार नहीं है|

बस यह ऐसी समस्या थी, जिसको कर्ण हल नहीं कर सकता था| वह हक्का-बक्का-सा अर्जुन का मुंह तारका रह गया| दुर्योधन को भी इससे धक्का लगा, क्योंकि कर्ण के द्वारा अर्जुन का मान चूर्ण करने की उसकी

ही तो योजना थी| जब कर्ण इस दुविधा में पड़ा हुआ आगे अपने पैर नहीं बढ़ा सका तो दुर्योधन ने उसे राजाओं की श्रेणी में लाने के लिए अंग देश का राज्य दे दिया| राजा होने के नाते अब वह अर्जुन या अन्य किसी राजकुमार के साथ युद्ध कर सकता था| वह इसके लिए उतारू भी था, लेकिन संध्या होने के कारण यह वाद-विवाद थम गया और सब अपने-अपने घर चले गए|

बस फिर जीवन में सदा ही कर्ण अर्जुन से प्रतिद्वंद्वी के रूप में मिला| अर्जुन से ही उसकी विशेष रूप से शत्रुता थी| वह उसकी प्रसिद्धि को सह नहीं सकता था| अनेक स्थलों पर वह अर्जुन के सामने आया, लेकिन अपना कुल-गोत्र न बता सकने के कारण उसे सामने से हटना पड़ा| वह सूत-पुत्र कहलाता था, क्योंकि सूत ने ही उसको पाला था| इसी कारण द्रौपदी के स्वयंवर में भी घूमती मछली की आंख बेधने की सामर्थ्य रखते हुए भी उसको अवसर नहीं दिया गया| स्वयं द्रौपदी ने ही सूत-पुत्र कहकर उसका अपमान किया था और उसकी पत्नी बनने से इनकार कर दिया था| सूत-पुत्र को क्षत्रिय कन्या का वरण करने का अधिकार नहीं है - ये शब्द शूल की तरह उसके हृदय में चुभ गए थे और वह लहू के घूंट पीकर अपने स्थान पर आ बैठा था| लेकिन द्रौपदी के प्रति उसकी घृणा इतनी बढ़ गई थी कि भरी सभा में दु:शासन ने द्रौपदी को नंगा करना चाहा था, तो उसने इसका तनिक भी विरोध नहीं किया था, बल्कि द्रौपदी की हंसी उसने लड़ाई थी|

जब दुर्योधन के भाई विकर्ण ने कौरवों के इस घृणित व्यवहार की निंदा की थी तो कर्ण ने उससे कहा था, "विकर्ण ! तुम अपने कुल की हानि करने के लिए पैदा हुए हो| अधर्म-अधर्म तुम पुकार रहे हो, द्रौपदी के साथ जो भी व्यवहार किया जा रहा है वह ठीक है| वह दासी है और दासी के ऊपर स्वामी का पूरा अधिकार होता है|"

यह कहकर उसने द्रौपदी के द्वारा किए अपने अपमान का बदला चुकाया था| उस समय उसका हृदय पत्थर की तरह कठोर हो गया था| जैसे भी बन पड़ा उसने द्रौपदी का अपमान किया| उसे पांच पुरुषों की व्यभिचारिणी स्त्री कहा और हर तरह से उसे धिक्कारा| उस समय प्रतिशोध की आग में जलते हुए उसने उचित-अनुचित का विचार

बिलकुल छोड़ दिया| द्रौपदी को नंगी देखने और दिखाने की उसकी इच्छा थी| इससे स्पष्ट होता है कि कर्ण प्रतिशोध की भावना के आगे सत्य, न्याय और धर्म की भावना को पूरी तरह भूल जाता था| यह उसके चरित्र की दुर्बलता ही है|

कर्ण स्वभाव से कुटिल भी था| वह दुर्योधन को इसी प्रकार कुचक्र रचने की सलाह दिया करता था, जैसी शकुनि देता था| जिस समय जुए में हारकर पाण्डव वनवास के लिए चले गए और द्वैत वन में वे अपना समय काट रहे थे, उस समय कर्ण और शकुनि की बातों में आकर ही दुर्योधन अपने परिवार के साथ पाण्डवों को चिढ़ाने के लिए पहुंचा था लेकिन यहां चित्रसेन नामक गंधर्व से इनका सामना हो गया| भीषण युद्ध हुआ| गंधर्व राजा ने अपने पराक्रम से सबको परास्त कर दिया और परिवार सहित सभी को उसने बंदी बना लिया| कर्ण तो अपने प्राण लेकर युद्धस्थल से भाग ही गया था| फिर युधिष्ठिर के कहने और अर्जुन के भी प्रयास करने पर चित्रसेन ने दुर्योधन आदि को मुक्त कर दिया|

कर्ण अहंकारी भी बहुत था| उसे अपने पराक्रम पर बड़ा घमंड था और बार-बार दुर्योधन को प्रसन्न करने के लिए वह कहा करता था कि वह एक क्षण में ही अर्जुन को मार गिराएगा| इसके लिए भगवान परशुराम द्वारा सिखाए हुए अपने अस्त्र-कौशल की दुहाई देता था| यहां तक कि भीष्म पितामह, गुरु द्रोणाचार्य आदि के सामने भी वह अपनी शेखी बघारने से बाज नहीं आता था|

एक दिन पितामह से न रहा गया| उन्होंने इसे फटकारते हुए कहा, "दुरभिमानी कर्ण ! व्यर्थ की बात क्यों किया करता है| खाण्डव दाह के समय श्रीकृष्ण और अर्जुन ने जो वीरता प्रकट की थी, उसको याद करके तुझे लज्जित होना चाहिए| क्या तू श्रीकृष्ण को साधारण व्यक्ति समझता है? वे अपने चक्र से तेरी उस अमोघ शक्ति को खंड-खंड कर देंगे| व्यर्थ दंभ करना एक सच्चे वीर का गुण नहीं है|"

पितामह की यह बात सुनकर कर्ण क्रुद्ध हो उठा और उसने झल्लाकर अपने शस्त्र फेंक दिए और कहा, "पितामह ने सभी के सामने मुझे लज्जित किया है, अब तो इनकी मृत्यु हो जाने पर ही मैं अपना पराक्रम दिखाऊंगा|"

इसी दुराग्रह के कारण जब तक भीष्म पितामह जीवित रहकर युद्ध करते रहे, कर्ण ने युद्ध में हाथ नहीं बंटाया| जब उसने सुन लिया कि वे धराशायी हो चुके हैं, उस क्षण प्रसन्न होकर वह दुर्योधन के पक्ष में आकर शत्रु से युद्ध करने लगा| गुरु द्रोण के पश्चात कौरव-सेना का तीसरा सेनापति वही था| इस वृत्तांत से यही स्पष्ट होता है कि वह अत्यधिक क्रोधी स्वभाव का था| सदा अहंकार में उसकी बुद्धि डूबी रहती थी और इस कारण बुद्धिमानों की बातें भी बुरी लगती थीं| इसके विपरीत अर्जुन धीर बुद्धि और विनयशील था|

इस सबके होते हुए भी कर्ण अपनी बात का धनी था| जो कुछ भी वचन वह दे देता था, उससे हटना तो वह जानता ही नहीं था| श्रीकृष्ण ने उसे यह बता दिया था कि वह कुंती का ज्येष्ठ पुत्र है और साथ में उन्होंने उससे पांडवों की ओर मिल जाने का आग्रह भी किया था, लेकिन सबकुछ सुनकर भी उसने दुर्योधन के साथ विश्वासघात करना उचित नहीं समझा|

श्रीकृष्ण ने कहा था, "कर्ण ! भाइयों के विरुद्ध लड़कर उनको मारने की कामना करना पाप है, इसलिए तुम कौरवों का साथ छोड़कर पाण्डवों का पक्ष ले लो| युधिष्ठिर तुम्हें अपना अग्रज मानकर अपना जीता हुआ साम्राज्य तुम्हें ही दे देंगे|"

कृष्ण की यह प्रलोभन भरी बातें सुनकर भी कर्ण अपने वचन पर दृढ़ रहा और कहने लगा, "श्रीकृष्ण ! दुर्योधन के साथ विश्वासघात करना सबसे बड़ा पाप है| यदि मैं उसकी मित्रता को तोड़कर पाण्डवों की ओर मिल जाऊंगा, तो सब यही कहेंगे कि कर्ण अर्जुन से डरकर उनकी ओर मिल गया है| फिर मैं ऐसा क्या करूं? मेरी मां ने तो मुझे मारने का सारा प्रबंध कर दिया था| सूत ने ही मुझे उठाया और पाला, इसलिए वे ही मेरे पिता तुल्य हैं| सूतों के साथ मैं कई यज्ञ भी कर चुका हूं और मेरा विवाह संबंध भी सूतों के परिवार में ही हुआ है, फिर मेरा पाण्डवों से क्या संबंध रहा? धृतराष्ट्र के घराने में ही दुर्योधन के आश्रित मैं रहा हूं| और तेरह वर्ष तक मैंने उन्हीं का दिया हुआ राज्य किया है, फिर कैसे उनके साथ विश्वासघात कर दूं? दुर्योधन को मेरे ऊपर पूरा विश्वास है| मेरे कहने से ही तो उसने इस युद्ध को मोल लिया है और अर्जुन के प्रतिद्वंद्वी के

रूप में दुर्योधन की आशाएं मेरे ऊपर ही तो लगी हुई हैं| इस परिस्थिति में अपने आश्रयदाता और मित्र दुर्योधन को छोड़कर मैं कभी पाण्डव पक्ष में नहीं मिल सकता|

"फिर यदि एक बार मैं मिल भी गया तो युधिष्ठिर जो राज्य मुझे देगा उसे अपने वचन के अनुसार मुझे दुर्योधन को देना होगा| इससे तो पाण्डवों का सारा प्रयत्न ही निष्फल चला जाएगा| यह सभी कुछ सोच विचारकर मैं निश्चयपूर्वक कहता हूं कि मैं मित्र दुर्योधन का साथ छोड़कर और किसी पक्ष में नहीं मिल सकता, लेकिन हां यह वचन अवश्य देता हूं कि युद्ध में मेरा प्रतिद्वंद्वी केवल अर्जुन ही है| उसके सिवा किसी पाण्डव का वध मैं नहीं करूंगा|"

कर्ण का यह कथन उसके चरित्र की महानता पर प्रकाश डालता है| बात का कितना पक्का था वह दानवीर| दुर्योधन चाहे अधर्मी था, लेकिन उसका तो आश्रयदाता था, फिर वह उसके साथ छल-कपट कैसे कर सकता था? अंत तक उसने दुर्योधन का साथ दिया और अपने आपको एक सच्चा मित्र प्रमाणित कर दिया|

कर्तव्य के प्रति कर्ण पूरी तरह कठोर था| वह युधिष्ठिर तथा अर्जुन की तरह सहृदय नहीं था कि पांडवों के विषय में यह ज्ञात होते ही कि ये उसके भाई हैं, युद्ध करना बंद कर दे| एक बार मन में दृढ़ संकल्प करके उसको पूरी तरह निबाहना ही उसके जीवन का उद्देश्य था| दुर्योधन की सहायता करना उसका कर्तव्य था, इससे पाण्डवों के प्रति जाग्रत हुआ भ्रातृत्व भाव भी उसे विचलित न कर सका और फिर भी अर्जुन के प्रति कठोर और ईर्ष्यापूर्ण दृष्टि उसकी बनी ही रही| यहां तक कि स्वयं माता कुंती ने जाकर कर्ण को अपनी ओर मिलाने की इच्छा प्रकट की थी, लेकिन उस समय भी वह वीर अपने पथ से विचलित नहीं हुआ| यह उसके चरित्र की श्रेष्ठता ही थी| फिर एक बार कृष्ण को वचन देकर अर्जुन के सिवा अन्य किसी पाण्डव की ओर उसने शस्त्र नहीं उठाया| अर्जुन से ही युद्ध करते हुए वह वीरगति को प्राप्त हुआ था|

महाभारत युद्ध में भी उसकी वीरता देखकर स्वयं श्रीकृष्ण उसकी प्रशंसा करने लगे थे| कितनी ही बार वह अर्जुन के रथ को पीछे हटा देता था| जब तक वह सेनापति रहा, अर्जुन बार-बार उसके प्रहारों से विचलित

हो उठता था| उसकी समझ में नहीं आता था कि वह कैसे इस परम योद्‌धा को परास्त करे|

अंत में पूरी तरह निराश होकर उसने कृष्ण की ओर देखा| कर्ण के रथ का पहिया जमीन में धंस गया था| वह उसे निकालने का प्रयत्न कर रहा था, उसी समय कृष्ण के इशारा करने पर अर्जुन ने अन्याय का आश्रय लेकर उसका वध किया, नहीं तो उस वीर को मारना बहुत कठिन था| फिर यदि उसके हाथ में इंद्र की वह अमोघ शक्ति होती तो फिर उसको कोई भी पराजित नहीं कर सकता था और यह निश्चय था कि वह अर्जुन का वध करके विजय का शंख फूंक देता, लेकिन विधाता की यही गति थी| अमोघशक्ति को वह पहले ही घटोत्कच पर चला चुका था| अब उसके पास विशेष अस्त्र कोई नहीं था| फिर भी बड़ी कठिनाई से अर्जुन उसे मार पाया था| महाभारत में जहां भी उसके पराक्रम का वर्णन आया है, वहां अर्जुन के बराबर ही उसको पराक्रमी माना गया है और था भी वह इतना ही पराक्रमी|

कर्ण के पराक्रम में धब्बा लगाने वाली एक बात यह है कि वह कपटी भी था| वह सदा सत्य और न्याय का ही आश्रय नहीं लेता था| उसने अल्प वयस्क राजकुमार अभिमन्यु का चक्रव्यूह के भीतर औरों के साथ मिलकर वध किया था| उसी ने उसके धनुष को काट गिराया था और फिर उस निहत्थे बालक पर छः महारथियों ने मिलकर आक्रमण किया था, जिनमें से एक वह भी था| निहत्थे बालक की हत्या करने का अपराध सदा उसके चरित्र के साथ लगा रहेगा| इसीलिए इतना पराक्रमी होने पर भी कर्ण अर्जुन की तरह महापुरष की कोटि में नहीं आ सकता| उसका हृदय कलुषित था|

इस तरह कर्ण के चरित्र पर दृष्टिपात करने से मालूम होता है कि वह किसी दृष्टि से महान था और अपने किन्हीं व्यवहारों के कारण पतित भी था| उसकी महानता उसके दानवीर होने मैं है, उसके दृढ़ संकल्प होने में है, उसके अपने मित्र और आश्रयदाता के विश्वासपात्र होने में है, लेकिन छल और कपटपूर्ण व्यवहार, व्यर्थ का दंभ और क्रोध उसके चरित्र की गरिमा को कम करते हैं|

वह इतना पराक्रमी था कि उसके मरते ही दुर्योधन का सारा धैर्य टूट गया था और अब उसे अपनी पराजय की आशंका निश्चित लगने लगी थी| और वही हुआ भी| कर्ण की मृत्यु के नश्चात कौरव ऐना का विनाश हो गया| स्वयं दुर्योधन भी भीम के द्वारा मार डाला गया| युद्ध में पांडवों को विजय प्राप्त हुई|

2

शौर्य का प्रतिरूप अभिमन्यु

शौर्य का प्रतिरूप अभिमन्यु

अभिमन्यु अर्जुन का पुत्र था| श्रीकृष्ण की बहन सुभद्रा इनकी माता थी| यह बालक बड़ा होनहार था| अपने पिता के-से सारे गुण इसमें विद्यमान थे| स्वभाव का बड़ा क्रोधी था और डरना तो किसी से इसने जाना ही नहीं था| इसी निर्भयता और क्रोधी स्वभाव के कारण इसका नाम अभि (निर्भय) मन्यु (क्रोधी) 'अभिमन्यु' पड़ा था|

अर्जुन ने धनुर्वेद का सारा ज्ञान इसको दिया था| अन्य अस्त्र-शस्त्र चलाना भी इसने सीखा था| पराक्रम में यह किसी वीर से भी कम नहीं था| सोलह वर्ष की अवस्था में ही अच्छे-अच्छे सेनानियों को चुनौती देने की शक्ति और समार्थ्य इसमें थी| इसकी मुखाकृति और शरीर का डीलडौल भी असाधारण योद्धा का-सा था| वृषभ के समान ऊंचे और भरे हुए कंधे थे| उभरा वक्षस्थल था और आंखों में एक जोश था|

महाभारत का भीषण संग्राम छिड़ा हुआ था| पितामह धराशायी हो चुके थे| उनके पश्चात गुरु द्रोणाचार्य ने कौरवों का सेनापतित्व संभाला था| अर्जुन पूरे पराक्रम के साथ युद्ध कर रहा था| प्रचण्ड अग्नि के समान वह बाणों की वर्षा करके कौरव सेना को विचलित कर रहा था| द्रोणाचार्य कितना भी प्रयत्न करके अर्जुन के इस वेग को नहीं रोक पा

रहे थे| कभी-कभी तो ऐसा लगता था, मानो पाण्डव कौरवों को कुछ ही क्षणों में परास्त कर डालेंगे| प्रातःकाल युद्ध प्रारंभ हुआ| श्रीकृष्ण अपना पांचजन्य फूंकते, उसी क्षण अर्जुन के बाणों से कौरव सेना में हाहाकार मचने लगता| संध्या तक यही विनाश चलता रहता|

दुर्योधन ने इससे चिंतित होकर गुरु द्रोणाचार्य से कहा, "हे आचार्य ! यदि पांडवों की इस गति को नहीं रोका गया, तो कौरव-सेना किसी भी क्षण विचलित होकर युद्धभूमि से भाग खड़ी होगी| अतः कोई ऐसा उपाय करिए, जिससे पांडवों की इस बढ़ती शक्ति को रोका जाए और अर्जुन के सारे प्रयत्नों को निष्फल किया जाए|"

दुर्योधन को इस प्रकार चिंतित देखकर गुरु द्रोणाचार्य ने किसी प्रकार अर्जुन को युद्धभूमि से हटा देने का उपाय सोचा| दुर्योधन के कहने से संशप्तकों ने कुरुक्षेत्र से दूर अर्जुन को युद्ध के लिए चुनौती दी| अर्जुन उनसे लड़ने को चला गया| उसके पीछे से द्रोणाचार्य ने चक्रव्यूह की रचना की और युधिष्ठिर के पास संवाद भिजवाया कि या तो पांडव आकर कौरव-सेना के इस चक्रव्यूह को तोड़ें यह अपनी पराजय स्वीकार करें|

जब संवाद युधिष्ठिर के पास पहुंचा तो वे बड़ी चिंता में पड़ गए, क्योंकि अर्जुन के सिवा चक्रव्यूह को तोड़ना कोई पाण्डव नहीं जानता था| अर्जुन बहुत दूर संशप्तकों से युद्ध कर रहा था| चक्रव्यूह तोड़ने में अपने आपको असमर्थ देखकर पांडवों के शिविर में त्राहि-त्राहि मच उठी| युधिष्ठिर, भीम, धृष्टद्युम्न आदि कितने ही पराक्रमी योद्धा थे, जो बड़े-से-बड़े पराक्रमी कौरव सेनानी को चुनौती दे सकते थे, लेकिन चक्रव्यूह तोड़ने का कौशल, किसी को भी नहीं आता था| वह ऐसा व्यूह था, जिसमें पहले तो घुसना और उसको तोड़ना ही मुश्किल था और फिर सफलतापूर्वक उसमें से बाहर निकलना तो और भी दुष्कर कार्य था| कौरव सेना के सभी प्रमुख महारथी उस चक्रव्यूह के द्वारों की रक्षा कर रहे थे|

जब सभी किंकर्तव्यविमूढ़ के सभा में बैठे हुए थे और अर्जुन के बिना, सिवाय इसके कि वे अपनी पराजय स्वीकार कर लें, कोई दूसरा उपाय उनको नहीं सूझ पड़ रहा था, अभिमन्यु वहां आया और सभी को गहन

चिंता में डूबा हुआ पाकर युधिष्ठिर से पूछने लगा कि चिंता का क्या कारण है| युधिष्ठिर ने सारी बात बता दी| उसे सुनकर वह वीर बालक अपूर्व साहस के साथ बोला, "आर्य ! आप इसके लिए चिंता न करें| दुष्ट कौरवों का यह षड्यंत्र किसी प्रकार भी सफल नहीं हो सकेगा| यदि अर्जुन नहीं हैं, तो उनका वीर पुत्र अभिमन्यु तो यहां है| आप दुर्योधन की चुनौती स्वीकार कर लीजिए| मैं चक्रव्यूह तोड़ने के लिए जाऊंगा|"

अभिमन्यु की बात सुनकर सभी को आश्चर्य होने लगा| एक साथ सबकी नीचे झुकी हुई गरदनें ऊपर उठ गईं| फिर भी युधिष्ठिर ने इसे अभिमन्यु की नादानी ही समझा| उन्होंने पूछा, "बेटा ! तुम्हारे पिता अर्जुन के सिवा इनमें से कोई भी चक्रव्यूह भेदना नहीं जानता, फिर तुम कैसे इसका भेदन कर सकते हो? हाय ! आज अर्जुन होता तो यह अपमान न सहना पड़ता| संध्या काल तक भी वह गाण्डीवधन्वा नहीं आ सकेगा और पांडवों की यह सेना, जिसको लेकर वह प्रचण्ड वीर अभी तक युद्ध करता रहा है, अपने अस्त्र डालकर कौरवों से पराजय स्वीकार कर लेगी, हाय ! हाय क्रूर विधाता !"

यह कहकर युधिष्ठिर अधीर हो उठे| उसी क्षण अभिमन्यु ने सिंह की तरह गरजकर कहा, "आर्य ! आप मुझे बालक न समझें| मेरे रहते पाण्डवों का गौरव कभी नहीं मिट सकता| मैं चक्रव्यूह को भेदना जानता हूं| पिता ने मुझे चक्रव्यूह के भीतर घुसने की क्रिया तो बतला दी थी, लेकिन उससे बाहर निकलना नहीं बताया था| आप किसी प्रकार चिंता न करें| मैं अपने पराक्रम पर विश्वास करके चक्रव्यूह को तोड़ूंगा और उससे बाहर भी निकल आऊंगा| आप चुनौती स्वीकार कर लीजिए और युद्ध के लिए मुझे आज्ञा देकर शंख बजा दीजिए| उस दुर्योधन को संदेश भिजवा दीजिए कि वीर धनंजय का पुत्र अभिमन्यु उनकी सारी चाल को निष्फल करने के लिए आ रहा है|"

कितनी ही बार अभिमन्यु ने इसके लिए हठ किया| परिस्थिति भी कुछ ऐसी थी| युधिष्ठिर ने उसको आज्ञा दे दी| अभिमन्यु अपना धनुष लेकर युद्धभूमि की ओर चल दिया| उसकी रक्षा के लिए भीमसेन, धृष्टद्युम्न और सात्यकि चले|

चक्रव्यूह के पास पहुंचकर अभिमन्यु ने बाणों की वर्षा करना आरंभ कर दिया और शीघ्र ही अपने पराक्रम से उसने पहले द्वार को तोड़ दिया और वह तीर की-सी गति से व्यूह के अंदर घुस गया, लेकिन भीमसेन, सात्यकि और धृष्टद्युम्न उसके पीछे व्यूह में नहीं घुस पाए| उन्होंने कितना ही पराक्रम दिखाया, लेकिन जयद्रथ ने उनको रोक लिया और वहीं से अभिमन्यु अकेला रह गया| अर्जुन का वह वीर पुत्र अद्भुत योद्धा था| व्यूह के द्वार पर उसे अनेक योद्धाओं से भीषण युद्ध करना पड़ा था, लेकिन उसका पराक्रम प्रचण्ड अग्नि के समान था| जो कोई उसके सामने आता था, या तो धराशायी हो जाता या विचलित होकर भाग जाता था| इस तरह व्यूह के प्रत्येक द्वार को वह तोड़ना चला जा रहा था| कौरवों के महारथियों ने उस वीर बालक को दबाने का कितना ही प्रयत्न किया, लेकिन वे किसी प्रकार भी उसे अपने वश में नहीं कर पाए| उसके तीक्ष्ण बाणों की मार से व्याकुल होकर दुर्योधन ने गुरु द्रोणाचार्य से कहा, "हे आचार्य ! अर्जुन का यह वीर बालक चारों ओर विचर रहा है और हम कितना भी प्रयत्न करके इसकी भीषण गति को नहीं रोक पाते हैं| एक के बाद एक सभी द्वारों को इसने तोड़ दिया है| यह तो अर्जुन के समान ही युद्ध-कुशल और पराक्रमी निकला| अब तो पांडवों को किसी प्रकार पराजित नहीं किया जा सकता|"

इसी प्रकार कर्ण ने भी घबराकर द्रोणाचार्य से कहा, " हे गुरुदेव ! इस पराक्रमी बालक की गति देखकर तो मुझको भी आश्चर्य हो रहा है| इसके तीक्ष्ण बाण मेरे हृदय को व्याकुल कर रहे हैं| यह ठीक अपने पिता अर्जुन के समान ही है| यदि किसी प्रकार इसको न रोका गया तो हमारी यह चाल व्यर्थ चली जाएगी| अतः किसी तरह से इसको चक्रव्यूह से जीवित नहीं निकलने देना चाहिए|"

द्रोणाचार्य अभिमन्यु की वीरता देखकर कुछ क्षणों के लिए चिंता में डूबे रहे| अर्जुन के उस वीर पुत्र के कर्ण, दुःशासन आदि महारथियों को पराजित कर दिया था और राक्षस अलंबुश को युद्धभूमि से खदेड़कर बृहद्बल को तो जान से मार डाला था| दुर्योधन के सामने ही उसके बेटे लक्ष्मण को भी उसने मार डाला था| बड़े-बड़े शूरवीर खड़े देखते रह गए और वह प्रचण्ड अग्नि की लपट की तरह सबको भस्म करता हुआ

चक्रव्यूह को तोड़कर अंदर घुस गया।

जब कौरवों के सारे प्रयत्न निष्फल चले गए तो उन्होंने छल से काम लेने की बात सोची। अलग-अलग लड़कर कोई भी महारथी अभिमन्यु से नहीं जीत सकता था, इसलिए उन्होंने मिलकर उस पर आक्रमण करने का निश्चय किया। कृपाचार्य, कर्ण, अश्वत्थामा बृहद्बल (शकुनि का चचेरा भाई), कृतवर्मा और दुर्योधन आदि छः महारथियों ने उसे घेर लिया और उस पर भीषण आक्रमण कर दिया। कर्ण ने अपने बाणों से उस बालक का धनुष काट डाला। भोज ने उसके घोड़ों को मार डाला और कृपाचार्य ने उसके पाश्र्व रक्षकों के प्राण ले लिए। इस तरह अभिमन्यु पूरी तरह निहत्था हो गया, लेकिन फिर भी जो कुछ उसके हाथ में आया उससे ही वह शत्रुओं को विचलित करने लगा। थोड़ी ही देर में उसके हाथ में एक गदा आ गई। उससे उसने कितने ही योद्धाओं को मार गिराया। दु:शासन का बेटा उसके सामने आया। घोर संग्राम हुआ। अकेला अभिमन्यु छः के सामने क्या करता। महारथियों ने अपने बाणों से उसके शरीर को छेद दिया। अब वह लड़ते-लड़ते थक गया था। इसी समय दु:शासन के बेटे ने आकर उसके सिर पर गदा प्रहार किया, जिससे अर्जुन का वह वीर पुत्र उसी क्षण पृथ्वी पर गिर पड़ा और सदा के लिए पृथ्वी से उठ गया। उसके मरते ही कौरवों के दल में हर्षध्वनि उठने लगी। दुर्योधन और उसके सभी साथी इस निहत्थे बालक की मृत्यु पर फूले नहीं समाए। किसी को भी उसकी अन्याय से की गई हत्या पर तनिक भी खेद और पश्चाताप नहीं था।

जब अभिमन्यु की मृत्यु का समाचार पाण्डव-दल में पहुंचा तो युधिष्ठिर शोक से व्याकुल हो उठे। अर्जुन की अनुपस्थिति में उन्होंने उसके लाल को युद्धभूमि में भेज दिया था, अब उनके आने पर वे उसको क्या उत्तर देंगे, इसका संताप उनके हृदय को व्याकुल कर रहा था। भीम भी अपने भतीजे की मृत्यु पर रोने लगा। वीर अभिमन्यु की मृत्यु से पांडवों के पूरे शिविर में हाहाकार मच गया।

संशप्तकों से युद्ध समाप्त करके जब अर्जुन वापस आया तो वह दुखपूर्ण समाचार सुनकर मूर्च्छित हो उठा और अभिमन्यु के लिए आर्त्त स्वर से रुदन करने लगा। श्रीकृष्ण ने उसे काफी धैर्य बंधाया, लेकिन

अर्जुन का संताप किसी प्रकार भी दूर नहीं हुआ| प्रतिशोध की आग उसके अंतर में धधकने लगी और जब तक जयद्रथ को मारकर उसने अपने बेटे के खून का बदला न ले लिया, तब तक उसको संतोष नहीं आया|

श्रीकृष्ण को भी अभिमन्यु की मृत्यु पर कम दुख नहीं हुआ था, लेकिन वे तो योगी थी, बालकों की तरह रोना उन्हें नहीं आता था| प्रतिशोध की आग उनके अंदर भी जल रही थी| उन्होंने स्पष्ट कहा था कि अपने भांजे अभिमन्यु की मृत्यु का बदला लिए बिना वह नहीं मानेंगे|

अभिमन्यु की स्त्री का नाम उत्तरा था| वह मत्स्य-नरेश विराट की पुत्री थी| अज्ञातवास के समय अर्जुन विराट के यहां उत्तरा को नाचने-गाने की शिक्षा देते थे| बाद में विराट को सारा हाल मालूम हो गया था, इसलिए लोकापवाद के डर से वे अपनी पुत्री का विवाह अर्जुन के सिवा किसी अन्य पुरुष के साथ नहीं करना चाहते थे| अर्जुन के स्वीकार न करने पर विराट ने उत्तरा का विवाह उसी के पुत्र अभिमन्यु के साथ कर दिया| इन दोनों का विवाह बाल्यावस्था में ही हो गया था| उस युग में बाल-विवाह की प्रथा तो इतनी प्रचलित नहीं थी, लेकिन विवाह के पीछे राजनीतिक कारण निहित था| पांडवों को इसके पश्चात मत्स्य-नरेश से हर प्रकार की सहायता मिल सकती थी|

अपने पति की मृत्यु पर उत्तरा शोक से पागल हो उठी थी| श्रीकृष्ण ने उसे कितना ही समझाया था, लकिन फिर भी कितने ही दिनों तक उसका रुदन एक क्षण को भी नहीं रुका था| वह उस समय गर्भवती थी| आततायी अश्त्थामा ने पांडवों के वंश को समूल नष्ट कर देने के लिए इस गर्भस्थ बालक पर ब्रह्मास्त्र का प्रयोग किया था, लेकिन श्रीकृष्ण ने उसे रोक लिया था और इस प्रकार श्रीकृष्ण ने ही पांडवों के कुल की रक्षा की| निश्चित अवधि के पश्चात उत्तरा के गर्भ से बालक का जन्म हुआ| चूंकि सभी कुछ क्षय हो जाने के पश्चात इस बालक का जन्म हुआ था, इसलिए इसका नाम परीक्षित रखा गया| यही पांडवों की वंश-परंपरा को आगे बढ़ाने वाला हुआ|

3

योद्धा अश्वत्थाम

- योद्धा अश्वत्थाम

अश्वत्थामा द्रोणाचार्य का पुत्र था| कृपी उसकी माता थी| पैदा होते ही वह अश्व की भांति रोया था| इसलिए अश्व की भांति स्थाम (शब्द) करने के कारण उसका नाम अश्वत्थामा पड़ा था| वह बहुत ही क्रूर और दुष्ट बुद्धि वाला था| तभी पिता का उसके प्रति अधिक स्नेह नहीं था|धर्म और न्याय के प्रति उसके हृदय में सभी प्रेरणा नहीं होती थी और न वह किसी प्रकार का आततायीपन करने में हिचकता था|

उसका बचपन बड़ी ही कठिनाइयों के बीता था| उसके पैदा होने के समय द्रोणाचार्य बहुत निर्धन थे| उनके पास अपनी पत्नी और बालक के पालन-पोषण के लिए भी पर्याप्त धन नहीं था| दूध के लिए एक गाय तक नहीं थी| एक दिन अश्वत्थामा बहुत भूखा था| उसने अपनी मां कृपी से दूध मांगा| कृपी बालक की हठ देखकर दुखी होने लगी और वह उसको किसी तरह से बहलाने-पुचकारने लगी, लेकिन अश्वत्थामा हठ पकड़ गया| अंत में कृपी ने चावल धोकर सफेद पानी बालक को पीने के लिए दे दिया| अश्वत्थामा यह जानता ही नहीं था की दूध और पानी में क्या अंतर होता है, उसने दूध समझकर उसको पिया और उसमें से कुछ को बचाकर वह ऋषि पुत्रों को दिखाने के लिए गया| ऋषि पुत्रों ने चावल के

पानी को पहचानकर अश्वत्थामा का उपहास करना आरंभ कर दिया| तब अश्वत्थामा को पता लगा कि माता ने उसे अन्य वस्तु देकर बहका दिया था| वह जाकर कृपी की गोद में रोने लगा| कैसी असह्य वेदना हुई होगी कृपी को उस समय जबकि उसने निर्धनता के कारण अपने पुत्र से ही छल किया था|

बाल्यावस्था के पश्चात यौवनावस्था तो अश्वत्थामा की पूर्ण वैभव के बीच कटी थी| द्रोणाचार्य को द्रुपद का आधा राज्य मिल गया था, फिर वे पांडवों और कौरवों के गुरु हो गए थे जिससे उनको अपार द्रव्य मिलता था| अश्वत्थामा ने एक बार कहा भी था कि मुझे किसी वस्तु का अभाव नहीं है, धन-धान्य, राज्य, संपत्ति सभी कुछ मेरे पास है| इसके पश्चात तो अश्वत्थामा का सम्मान बढ़ता ही चला गया, लेकिन महाभारत युद्ध के पश्चात फिर उसको दैव का अभिशाप सहना पड़ा|

अश्वत्थामा महान योद्धा था| एक बार भीष्म पितामह ने उसकी प्रशंसा करते हुए कहा था, "अश्वत्थामा महारथी हैं|धनुर्धारियों में श्रेष्ठ, विचित्र युद्ध करने वाले और दृढ़ प्रहार करने वाले हैं| युद्ध क्षेत्र में तो साक्षात यमराज जान पड़ते हैं, किंतु उनमें एक दोष है| उनको अपना जीवन अति प्रिय है| मृत्यु से डरने के कारण वे युद्ध से जी चुराते हैं| इस कारण न तो उन्हें रथी मानता हूं और न अतिरथी|"

भीष्म पितामह ने अश्वत्थामा की ठीक ही प्रशंसा की है| सचमुच वह इतना ही शूरवीर था, लेकिन मृत्यु से डरने वाला कहकर भीष्म ने उसके चरित्र पर धब्बा लगाया है जबकि वह इतना डरपोक भी नहीं था जो मृत्यु से डरता हो| कई बार उसने युद्ध-क्षेत्र में आकर शत्रु का सामना किया था| एक बार कर्ण पर ही रुष्ट होकर वह अपनी जान की परवाह न करते हुए तलवार लेकर टूट पड़ा था| एक समय की बात है, कौरवों ने विराट की नगरी पर आक्रमण करने का विचार किया| उस समय बहुत से अपशकुन होने लगे, जिन्हें देखकर द्रोणाचार्य ने कहा, "इस समय हमें युद्ध करने के लिए नहीं जाना चाहिए, क्योंकि लगता है, हम अर्जुन को पराजित नहीं कर पाएंगे|" अर्जुन की यह प्रशंसा द्रोणाचार्य के मुंह से सुनकर कर्ण के हृदय में आग-सी लग गई|

जब उससे यह नहीं सहा गया तो उसने द्रोणाचार्य से कटु बातें कहना आरंभ किया और साथ में वह अपनी वीरता का दंभ भी भरने लगा| इस समय अश्वत्थामा ने बिगड़कर सभी कौरवों तथा कर्ण से कहा, "निर्दय दुर्योधन के सिवा कौन क्षत्रिय कपट के जुए से राज्य पाकर संतुष्ट हो सकता है? बहेलिए की तरह धोखेबाजी से धन-वैभव प्राप्त करके कौन अपनी बढ़ाई चाहेगा? क्या तुमने जिन पांडवों का सर्वस्व छीन लिया है, उनको कभी आमने-सामने युद्ध में हराया भी है? किस युद्ध में पांडवों को परास्त करके तुम द्रौपदी को सभा में घसीट लाए थे?"

"कर्ण ! तुम आज अपनी वीरता का दम भरते हो| मैं कहता हूं, अर्जुन बल और पराक्रम में तुमसे कहीं अधिक श्रेष्ठ है|"

इसके पश्चात फिर वह दुर्योधन की ओर मुड़कर कहने लगा, "तुमने जिस प्रकार जुआ खेला, जिस प्रकार द्रौपदी को सभा में घसीटकर लाए और जिस प्रकार इंद्रप्रस्थ का राज्य तुमने हड़प लिया, उसी प्रकार अब अर्जुन का सामना करो| क्षत्रिय धर्म में निपुण, चतुर जुआरी तुम्हारा मामा भी आकर अपना पराक्रम दिखाए| कोई भी तुममें से जाकर उस पराक्रमी अर्जुन से मुकाबला करे| मैं उससे युद्ध नहीं करूंगा| हां ! विराट अगर युद्धस्थल में आए तो उसका सामना मैं अवश्य करूंगा|"

अश्वत्थामा की बातें सुनकर सभी लोग चुप हो गए| ऐसा साहसी और निर्भीक था अश्वत्थामा| भीष्म के अंतिम शब्द उसके चरित्र पर ठीक नहीं उतरते| पता नहीं, किस अवसर पर भीष्म ने इस प्रकार का निर्णय किया था|

एक बार फिर अश्वत्थामा की कर्ण से कहा-सुनी हो गई थी| जब द्रोणाचार्य कौरवों की सेना के सेनापति थे तब पांडवों की सेना का वेग देखकर दुर्योधन ने कर्ण से कहा था, "वीरवर कर्ण ! तुम मेरे मित्र हो| देखो, कौरव सेना का किस बुरी तरह से पांडव संहार कर रहे हैं| यही मित्रता का परिचय देने का उचित अवसर है, कुछ करके दिखाओ|"

दुर्योधन की बातें सुनकर कर्ण अपने पराक्रम की डींग हांकने लगा| वह कहने लगा, "अर्जुन मेरे सामने आकर क्या युद्ध करेगा| उसको तो मैं क्षण भर में परास्त कर सकता हूं| उसकी क्या सामर्थ्य कि मेरे तीक्ष्ण बाणों का सामना कर पाए| मैं उसको युद्धस्थल में धराशायी

करके अपनी सच्ची मित्रता का परिचय दूंगा|"

कृपाचार्य कर्ण की ये बातें सुन रहे थे| उन्हें बहुत बुरा लग रहा था| उन्होंने इस दंभ के लिए कर्ण को फटकारा भी| उन्होंने कर्ण को बुरा-भला भी कहा| यहां तक कि उन्होंने कह डाला कि अगर अबकी बार जीभ चलाई तो इसी तलवार से काट दूंगा|

कृपाचार्य अश्वत्थामा के मामा थे और वैसे भी कौरव-पांडवों के गुरु थे और वृद्ध पुरुष थे, इसी कारण अश्वत्थामा उनका अपमान न सह सका| उसने क्रोधावेश में आकर कर्ण से कहा, "सूतपुत्र ! तू बड़ा अधम है| अपने सामने किसी को कुछ समझता ही नहीं| स्वयं अपने मुंह से अपनी बड़ाई करता है| जिस समय अर्जुन ने जयद्रथ को मारा था, उस समय तेरी वीरता कहां सो रही थी? अगर सच्चा शूरवीर था तो उस समय आकर पराक्रमी अर्जुन का सामना करता और उसको धराशायी करके जयद्रथ के प्राण बचाता|"

ये कटु वचन सुनकर कर्ण को गुस्सा आ गया| वह उठ खड़ा हुआ| इधर अश्वत्थामा भी तलवार खींचकर उस पर झपट पड़ा| उस समय झगड़ा बढ़ते देख दुर्योधन और कृपाचार्य ने आकर बीच-बचाव कर दिया| दुर्योधन ने दोनों को समझाया और कहा, "शूरवीरो ! तुम्हीं तो मेरी सारी शक्ति हो, फिर इस तरह आपस में लड़कर इस शक्ति को क्यों नष्ट करना चाहते हो?"

इस घटना को देखने से पता चलता है कि अश्वत्थामा बड़े खरे स्वभाव का था| वह चाटुकारिता में विश्वास नहीं करता था| दुर्योधन तक को अपशब्द कहने में वह नहीं डरता था, फिर कैसे कह सकते हैं कि अश्वत्थामा कायर था, लेकिन बाद में चलकर तो उसने चोरों की तरह इस प्रकार के आततायी जैसे कर्म किए कि उनसे उसकी सारी शूरता पर पानी फिर गया और वह घृणित और क्रूर समझा गया| उसने द्रौपदी के पांचों पुत्रों को उस समय मारा था, जब वे अचेत सो रहे थे, लेकिन क्यों वह इतना क्रूर और बर्बर पिशाच जैसा हो गया, इसके पीछे कारण है| उसके पिता की हत्या भी अन्यायपूर्वक की गई थी|

जब द्रोणाचार्य ने धर्मराज युधिष्ठिर से मुंह से यह सुन लिया कि अश्वत्थामा मारा गया, तो उन्होंने शस्त्र त्याग दिए और योग धारण

करके अपने रथ पर बैठ गए| तभी धृष्टद्‌युम्न ने आकर उनका सिर काट डाला| द्रोणाचार्य को अपने किए का फल मिला था, क्योंकि उन्होंने भी तो निहत्थे अभिमन्यु का इसी प्रकार वध करवाया था, लेकिन जब अश्वत्थामा को पिता के इस प्रकार अन्यायपूर्ण वध की बात मालूम हुई तो उसको बड़ा दुख हुआ और उसने क्रोध में जलकर पांडवों और पांचालों को नष्ट कर डालने की प्रतिज्ञा कर डाली| दुर्योधन ने उसे और भी इसके लिए उत्तेजित किया| अश्वत्थामा को युधिष्ठिर पर भी बड़ा क्रोध आ रहा था, क्योंकि वह उस व्यक्ति से कभी भी ऐसे झूठ की आशा नहीं करता था| उसने उसी क्षण अपनी भुजा उठाकर कहा, "आज इस अन्याय के बदले पांडवों के शव पृथ्वी पर पड़े मिलेंगे| मैं नारायणास्त्र का प्रयोग करूंगा, जिसे मेरे सिवा और कोई नहीं जानता| उसी के द्‌वारा मैं आज शत्रु के सारे गर्व को चूर करूंगा और उनको सदा के लिए इस पृथ्वी से मिटा दूंगा|"

दूसरे दिन अश्वत्थामा ने उसी नारायणास्त्र का प्रयोग कर दिया| पांडवों की सेना में उसके कारण हाहाकार मच उठा| असंख्य वीर योद्‌धा क्षत होकर पृथ्वी पर गिर पड़े| उस अस्त्र को रोकने की किसी में भी सामर्थ्य नहीं थी| इधर पांडवों के बीच द्रोणाचार्य की मृत्यु पर आपसी विवाद उठ खड़ा हुआ था| इस प्रकार अन्यायपूर्वक गुरु का मारा जाना अर्जुन और सात्यकि को अच्छा नहीं लगा| वे दोनों धृष्टद्‌युम्न को बुरा कहने लगे| गुरु की मृत्यु का उन्हें बड़ा शोक हुआ, यहां तक कि सात्यकि तो गदा तानकर धृष्टद्‌युम्न को मारने के लिए आगे बढ़ आया| उस समय श्रीकृष्ण का संकेत पाकर भीमसेन ने जाकर उसे किसी तरह रोका, क्योंकि इधर तो अश्वत्थामा पाण्डव-सेना का संहार करता हुआ आ रहा था और उधर आपस का झगड़ा बढ़ता चला जा रहा था| इस सबसे सर्वनाश की आशंका थी| गुरु की हत्या के लिए किसी ने तो स्वयं युधिष्ठिर तक को दोषी ठहराया, तब धर्मराज ने आवेश में आकर धृष्टद्‌युमन से कहा, "तुम पांचालों की सेना लेकर भाग जाओ, वृष्णी, अंधक आदि वंशों के यादवों के साथ सात्यकि चले जाएं| श्रीकृष्ण अपनी रक्षा आप कर लेंगे अन्यथा सैनिक युद्‌ध बंद कर दें| मैं भाइयों के साथ जलती आग में भस्म हो जाऊंगा| मैंने झूठ बोलकर आचार्य का वध

करवाया है, इसी कारण तो अर्जुन मुझ पर रुष्ट है। इससे तो मैं अपनी जान देकर अर्जुन को सुखी करना चाहूंगा। भला आचार्य ने हमारे साथ क्या कम बुरा सलूक किया है? अनेक महारथियों ने अकेले अभिमन्यु को निहत्था करके आचार्य के सामने ही मार डाला था। द्रौपदी की दुर्गति भी इन्हीं के सामने हुई थी। दुर्योधन के थक जाने पर आचार्य ने ही उसे अभेद्य कवच बांधकर हम लोगों पर आक्रमण करने भेजा था। जयद्रथ की रक्षा करने में उन्होंने क्या कुछ नहीं उठा रखा था? मेरी विजय के लिए प्रयत्न करने वाले सत्यजित आदि पांचालों और उनके भाई-बंधुओं के प्राण आचार्य ने ही ब्रह्मास्त्र चलाकर लिए थे। कौरवों ने जब हमें अधर्मपूर्वक बाहर निकाल किया था, तब भी आचार्य ने हमें सामना करने से रोका था। भला आचार्य ने हमारा कौन-सा उपकार किया?"

युधिष्ठिर के आवेश को देखकर सभी योद्धा एक साथ थम से गए। ठीक ही कहा था धर्मराज ने, क्योंकि द्रोणाचार्य यद्यपि थे तो गुरु, लेकिन कुटिलता और क्रूरता उनमें भी थी। पक्षपात भी उनके अंदर था। युधिष्ठिर के आवेश में समय बीतता रहा और अश्वत्थामा द्वारा छोड़ा हुआ नारायणास्त्र और भी अधिक प्रचण्ड होता गया, तब श्रीकृष्ण ने सभी सैनिकों को युद्ध करने से रोककर कहा, "वीरो ! यह नारायणास्त्र अति प्रचण्ड है, इसका सामना कोई नहीं कर पाएगा। अतः तुम सभी शस्त्रास्त्र रखकर अपने वाहनों से उतर पड़ो। पृथ्वी पर लेट जाने से तुम इस प्रचण्ड अस्त्र की मार से अपने आपको बचा सकोगे। यदि कोई वीरता का दंभ भरकर इस अस्त्र का सामना करने का प्रयत्न करेगा, तो यह और भी अधिक प्रबल हो जाएगा।"

श्रीकृष्ण की बात मानकर सभी योद्धा अपने-अपने वाहनों से उतरकर पृथ्वी पर लेट गए, लेकिन भीमसेन के मस्तिष्क में श्रीकृष्ण की बात नहीं बैठी। वह फिर भी अपनी वीरता बखानता हुआ बोला, "मैं बाण चलाकर, गदा मारकर इस अस्त्र को विफर कर दूंगा। भयभीत होने की कोई आवश्यकता नहीं है। आज मैं अपना पराक्रम दिखाऊंगा।"

उसने अर्जुन से भी गाण्डीव उठाने के लिए कहा, लेकिन अर्जुन ने कह दिया कि वह गौ, ब्राह्मण और नारायणास्त्र के विरुद्ध गांडीव का कभी प्रयोग नहीं करेगा।

अर्जुन की बात सुनकर भीमसेन क्रुद्ध होकर अश्वत्थामा की ओर झपटा| उसने बाण-वर्षा से अश्वत्थामा का रथ छिपा दिया, लेकिन इससे नारायणास्त्र और भी अधिक प्रचण्ड हो गया| उस समय अर्जुन और श्रीकृष्ण ने आकर भीमसेन के हाथ से अस्त्र छीने और उसको रथ से उतार लिया| इसके पश्चात नारायणास्त्र शांत हुआ और इस तरह पांडवों का सर्वनाश होते-होते बच गया| नारायणास्त्र के शांत हो जाने पर दुर्योधन ने फिर अश्वत्थामा से उसी अस्त्र के प्रयोग के लिए कहा था, लेकिन अश्वत्थामा ने दुबारा उसे नहीं चलाया| उसके बाद उसने पांडव-सेना से भीषण युद्ध किया और उस बीच उसने अमोघ आग्नेयास्त्र का प्रयोग किया| उसका विचार अर्जुन और कृष्ण सहित सारी पांडव सेना को नष्ट कर देने का था, लेकिन अर्जुन ने शीघ्र ही ब्रह्मास्त्र का प्रयोग करके उस अस्त्र को शांत कर दिया, किंतु फिर भी क्षण-भर में ही आग्नोयास्त्र पांडवों की एक अक्षौहिणी सेना को तो भस्म कर गया| जब अश्वत्थामा का कुछ भी वश नहीं चला तो वह निराश होकर युद्ध-भूमि से लौट पड़ा और धनुर्विद्या की निंदा करने लगा| रास्ते में उसे महर्षि व्यास मिले| उन्होंने उसे बहुत समझाया और कहा, "नादान ! अर्जुन और श्रीकृष्ण को मारने की सामर्थ्य किसमें है, जो तू व्यर्थ अपनी निष्फलता पर इतना खेद करता है|" व्यास जी के समझाने से अश्वत्थामा के हृदय का संताप मिट गया|

महाभारत युद्ध के अंत में हमें अश्वत्थामा मिलता है| कौरव-वंश के सभी प्रमुख योद्धा धराशायी हो चुके थे, केवल दुर्योधन शेष था| अंतिम सेनापति वही था| पांडव सेना बड़ी वेग से बढ़ रही थी| उसकी मार से घबराकर कौरव-सेना पीछे भागने लगी| यहां तक कि दुर्योधन के भी पैर उखड़ गए थे| वह भी जाकर द्वैपायन सरोवर में छिप गया था| चारों ओर पांडव वीर दुर्योधन को खोजने लगे और जब उनको पता चला कि वह तो जाकर सरोवर में छिप गया है तो सरोवर के किनारे पहुंचकर उन्होंने दुर्योधन को कायर कहकर ललकारना प्रारंभ किया|

दुर्योधन चुनौती सुनकर बाहर निकल आया और भीमसेन से उसका गदा-युद्ध हुआ| उस युद्ध में भीमसेन ने कृष्ण के इशारे से उसकी जांघ पर गदा मारी, जिससे वह आहत होकर पृथ्वी पर गिर पड़ा, लेकिन

यह कार्य युद्ध के नियमों के विरुद्ध था| भीमसेन के इस अन्याय को देखकर अश्वत्थामा को बड़ा क्रोध आया| दूसरी बार फिर उसने पांडवों का अन्याय देखा था| दुर्योधन असह्य पीड़ा से कराहता हुआ पृथ्वी पर पड़ा था| उस समय कृतवर्मा और कृपाचार्य भी वहां उपस्थित थे| सभी को इस अन्याय पर क्रोध आ रहा था| अश्वत्थामा से नहीं सहा गया तो उसने हाथ उठाकर प्रतिज्ञा की कि वह पांडवों का इसी प्रकार नाश करके ही संतोष की सांस लेगा| दुर्योधन ने अश्वत्थामा की प्रतिज्ञा सुनी तो उसे ऐसा लगा कि मानो अभी कौरव पक्ष में और जान बाकी थी| तुरंत ही उसने कृपाचार्य से कहकर अश्वत्थाना का सेनापति पद पर अभिषेक करा दिया| अश्वत्थामा ने इस उत्तरदायित्व को संभाल तो लिया, लेकिन अब सेना भी तो नहीं बची थी, इसलिए अपना वचन पूरा करने के लिए उसे अपनी शक्ति का ही भरोसा था|

वहां से तो अश्वत्थामा, कृपाचार्य और कृतवर्मा तीनों व्यक्ति वन की ओर चले गए, क्योंकि उनके ठहर जाने पर पांडवों के आमने-सामने युद्ध होने की आशंका थी, जिसके लिए पर्याप्त शक्ति उनके पास नहीं थी| अश्वत्थामा वन के एकांत में पांडवों से किसी प्रकार बदला चुकाने की बात सोचने लगा| एक तो पिता का वध और फिर उस राजा का अन्यायपूर्वक वध, जिसके लिए उसने अपने जीवन को समर्पित किया था, उसके हृदय को और भी अधिक उत्तेजित करने लगा| वह किसी प्रकार पांडवों का सर्वनाश कर डालना चाहता था, लेकिन इतनी शक्ति न होने कारण कोई ठीक योजना नहीं बन पाती थी| सोचते-सोचते रात हो गई, लेकिन फिर भी उसको नींद नहीं आई| जब रात के एक-दो पहर निकल गए तो उसने देखा कि उसी बरगद के पेड़ पर, जिसके नीचे वह लेटा हुआ था, एक उल्लू आया और सोते हुए कौओं का शिकार करने लगा|

कौओं के बीच कोलाहल मच गया| लेकिन उल्लू ने बहुत से कौओं को मार दिया| अश्वत्थामा यह सबकुछ देखता रहा, तभी उसके मस्तिष्क में एक विचार आया कि यदि वह पांडवों से आमने-सामने आकर मुकाबला करेगा तब तो वह उनको पराजित न कर सकेगा और न उनकी कोई विशेष हानि हो सकेगी, इसलिए जिस प्रकार अकेले उल्लू ने आकर नींद में असावधान कौओं को मार-मारकर फेंक दिया है, उसी प्रकार यदि वह

भी जाकर पांडवों का रात्रि के समय संहार करे तो उसकी प्रतिज्ञा पूर्ण हो सकती है| यद्यपि रात्रि में सोए हुए शत्रु पर आक्रमण करना युद्ध के नियमों के विरुद्ध था, लेकिन अश्वत्थामा तो इन नियमों का उल्लंघन पांडवों की ओर से देख चुका था| इसलिए उसने इसकी तनिक भी चिंता नहीं की और इसी प्रकार पांडवों को नष्ट करने का दृढ़ निश्चय कर लिया|

प्रातःकाल उसने कृपाचार्य और कृतवर्मा को अपनी यह योजना बताई, लेकिन उन दोनों ने इसका विरोध किया| कृपाचार्य धर्म और नीति की बातें करने लगे, इस पर अश्वत्थामा को क्रोध आ गया और वह दोनों को बुरा-भला कहने लगा| अंत में दोनों को उसकी बात माननी पड़ी| तीनों अपने विचारों में पूरी तरह दृढ़ होकर पांडवों के शिविर के पास आए| अश्वत्थामा एकाएक सोती हुई पांडव सेना पर टूट पड़ा| अनेक को उसने अपनी तलवार से मौत के घाट उतार दिया और जो घबराकर बाहर भागते थे उनको कृपाचार्य और कृतवर्मा मार डालते थे| इस प्रकार तीनों ने मिलकर बाहर और भीतर असंख्य योद्धाओं को मार डाला और इसके पश्चात शिविर में आग लगा दी, जिससे चारों ओर हाहाकार मच उठा|

किसी प्रकार अश्वत्थामा ने अपने बाप के हत्यारे धृष्टद्युम्न को भी खोज लिया और उसका गला घोंटकर मार डाला| द्रौपदी के पांचों पुत्रों को भी उसने उसी समय मार डाला| अश्वत्थामा का क्रोध उस समय इतना प्रचण्ड हो उठा था कि न्याय, दया, धर्म आदि तो उसकी दृष्टि से मानो पूरी तरह ओझल हो चुके थे| वह तो बर्बरता और निर्दयता का खेल रहा था| उस समय पांचों पांडव, श्रीकृष्ण और सात्यकि शिविर में नहीं थे| कौरवों के पराजित होने पर जब पांडवों ने उनके शिविर पर अधिकार किया था, तो उन्हें अपार कोष, सोना, चांदी, रत्न, आभूषण, वस्त्र, दास-दासी आदि अनेक वस्तुएं मिलीं, जिन पर उन्होंने अपना अधिकार कर लिया|

पूर्ण प्रसन्नता के साथ जब सभी शिविर में सोने के लिए जाने लगे तो कृष्ण ने युधिष्ठिर से कहा कि हम लोगों को आज कल्याण-कामना से शिविर के बाहर रहना चाहिए| इसी कारण वे बच गए| नहीं तो पता नहीं महाभारत युद्ध का क्या अंत होता| लेकिन फिर भी रात्रि के समय जैसा हाहाकार इस समय अश्वत्थामा के उपद्रव के कारण हुआ, वैसा पहले

कभी नहीं हुआ| इसका कारण था कि सभी वीर अधिकतर तो युद्ध के नियमों का पालन करते ही थे तभी तो संध्याकाल समाप्त हो जाने पर कौरव-पांडव एक-दूसरे के शिविरों के भीतर जाते थे और पूर्ण सौहार्द के साथ बातें करते थे| फिर इस तरह चोर की तरह आक्रमण करना वीरता की गरिमा पर एक धब्बा है| क्षत्रिय कभी भी इस तरह शत्रु का संहार करके गर्व अनुभव नहीं करता, लेकिन अश्वत्थामा ने किसी प्रकार अपना बदला चुका लिया और यह भीषण हाहाकार मचाकर वह दुर्योधन के पास पहुंचा और कहने लगा, "दुर्योधन ! मैंने तुम्हारे प्रति किए अन्याय का बदला पांडवों से चुका लिया है| मैंने उनके शिविर में आग लगाकर उनका सर्वनाश कर डाला है| पांचों पांडव, श्रीकृष्ण और सात्यकि तो अवश्य बच रहे हैं, क्योंकि वे शिविर में नहीं थे, बाकी सभी को मैंने यमलोक पहुंचा दिया है|"

"वीरवर ! अब संतोष धारण करो| मनुष्य तो क्या, पशु और पक्षियों तक को मैंने शिविर में मार डाला है| पांडव अपनी विजय पर खुशियां मना रहे होंगे, लेकिन जब इस सर्वनाश की बात सुनेंगे तो वे अपनी सारी खुशी भूल जाएंगे|"

अश्वत्थामा की यह बात सुनकर दुर्योधन मानो असह्य पीड़ा की मूर्च्छा से जाग पड़ा| उसने अश्वत्थामा की प्रशंसा करते हुए कहा, "वीर अश्वत्थामा ! आज तुमने मेरी आत्मा को संतुष्ट किया है| तुमने वह काम किया है जिसे तुम्हारे पिता द्रोण, भीष्म पितामह, कर्ण आदि कोई भी महारथी नहीं कर पाए| पापी धृष्टद्युम्न को तुमने मार डाला| यह सुनकर तो मेरी छाती ठंडी पड़ गई है, क्योंकि उसी पापी ने गुरुदेव की अन्यायपूर्वक हत्या की थी, फिर उसके साथ शिखण्डी को भी मारकर तुमने बड़ा ही श्रेष्ठ कार्य किया है, क्योंकि उसी को सामने करके तो अर्जुन ने पितामह को गिराया था| सच, मुझे अब अपनी पराजय पर तनिक भी खेद नहीं है| मैं पूर्ण सुखी होकर स्वर्गलोक को जाता हूं| वीरवार ! वहीं हम सभी मिलेंगे|"

यह सुनकर दुर्योधन की श्वास रुक गई| अश्वत्थामा एक तरफ तो दुर्योधन के स्वर्गवास के कारण दुखी होने लगा, लेकिन दूसरी तरफ उसको आज एक असीम गर्व का अनुभव हो रहा था| वह सोच रहा था कि

पिता की विक्षिप्त आत्मा आज शांत हो गई होगी, क्योंकि उसके बेटे ने अन्यायिओं से बदला चुका लिया है|

इधर, द्रौपदी अपने पांचों पुत्रों के शवों को देखकर दुख के कारण पागल-सी हो उठी| उसकी गोद एक रात में सूनी हो गई थी| कहां तो संध्याकाल में दुर्योधन के धराशायी होने पर उसको अपनी विजय का गर्व हो रहा था और कहां तक आततायी आकर उसकी सारी प्रसन्नता को कुचलकर सदा के लिए नष्ट कर गया| वह करुण क्रंदन करती हुई युधिष्ठिर के सामने आकर गिर पड़ी| इसी समय भीमसेन ने उसे संभाल लिया| द्रौपदी ने उसी बीच उठकर कहा कि जब तक मेरे लालों का हत्यारा वह पापी और दुराचारी अश्वत्थामा नहीं मारा जाएगा, तब मैं अन्न-जल ग्रहण नहीं करूंगी| उस अन्यायी के माथे में एक महामणि है| जब तक कोई उसे लाकर मुझे नहीं दे देगा, तब तक मुझे यह विश्वास नहीं हो पाएगा कि वह दुष्ट मारा गया|

द्रौपदी की यह बात सुनकर भीमसेन अपनी गदा उठाकर अश्वत्थामा के पीछे दौड़ा| पूरे आवेश के साथ भीमसेन के चले जाने के पश्चात श्रीकृष्ण ने युधिष्ठिर से कहा, "धर्मराज ! भीमसेन की रक्षा का उपाय करना चाहिए क्योंकि अश्वत्थामा के पास ब्रह्मशिर अस्त्र है, जिससे क्षण-भर में सारा भू-मण्डल नष्ट हो सकता है| गुरु द्रोणाचार्य ने यह अस्त्र अपने प्रिय शिष्य अर्जुन को ही दिया था, लेकिन जब अश्वत्थामा को इसका पता चला तो वह दुखी होकर पिता से उसको भी उस अस्त्र को सिखाने के लिए कहने लगा| द्रोणाचार्य को अपने पुत्र पर विश्वास नहीं था, क्योंकि वे जानते थे कि यह क्रूर प्रवृत्ति वाला अश्वत्थामा कहीं भी अस्त्र का दुरुपयोग कर सकता है| इसी कारण उन्होंने पहले उसे इसका प्रयोग नहीं सिखाया था, लेकिन उसके अधिक हट करने पर उनको सिखाना पड़ा| फिर भी उन्होंने उससे वचन लिया था कि वह इसका दुरुपयोग नहीं करेगा| विशेष संकट पड़ने पर ही वह इसका प्रयोग करेगा| अश्वत्थामा ने वचन देकर वह अस्त्र सीख लिया| अब उसी का सबसे बड़ा भय है, क्योंकि अश्वत्थामा को उचित और अनुचित का तो अधिक विचार है नहीं, हो सकता है वह आवेश में आकर ब्रह्मशिर अस्त्र का प्रयोग कर बैठे तो सर्वनाश हो जाएगा| मैं आपको उसकी कुटिलता की

बात बताता हूं| एक बार वह द्वारका आकर मुझसे कहने लगा, "पिताजी ने महर्षि अगस्त्य से जो ब्रह्मशिर अस्त्र प्राप्त किया है, उसे मैंने सीख लिया है| उसको मुझसे लेकर बदले में मुझे अपना सुदर्शन चक्र दे दो|"

इस पर मैंने कहा, "मुझे तुम्हारे ब्रह्मशिर अस्त्र की आवश्यकता नहीं है| मेरे धनुष, शक्ति, गदा और चक्र में से जिसकी भी तुम्हें आवश्यकता हो ले लो|" सुदर्शन चक्र के हजार लोहे के आरे थे, इस कारण अश्वत्थामा अपनी पूरी शक्ति लगाकर भी उसको उठा नहीं पाया| इससे वह पूरी तरह उदास होकर द्वारका से चला गया| स्वभाव से वह बड़ा क्रूर और निर्दयी है और धर्म तथा न्याय की भावनाओं का उसके हृदय में तनिक भी स्थान नहीं है, इसलिए मैं कहता हूं कि भीमसेन की इस परिस्थिति में रक्षा करना आवश्यक है|"

श्रीकृष्ण की बात युधिष्ठिर और अर्जुन ने मान ली और वे दोनों ही उनके साथ रथों पर आरूढ़ होकर चले| उन्होंने जाकर भीम को लौटाना चाहा, लेकिन भीम तो पवन के वेग से बढ़ रहा था| वह बढ़ता हुआ गंगा के किनारे पहुंच गया| वहां ऋषियों के बीच व्यास जी की बगल में अश्वत्थामा बैठा था| उसको देखते ही भीमसेन ने धनुष पर बाण चढ़ा लिया| उसी समय अर्जुन, युधिष्ठिर और कृष्ण भी वहां आ पहुंचे| अश्वत्थामा ने समझा कि ये मिलकर उसका वध करने के लिए आए हैं, इसलिए एक साथ आवेश में आकर उसने पास से ही एक सेंठा उखाड़ा और उस पर दिव्यास्त्र का प्रयोग किया| छोड़ते समय उसने अस्त्र को आज्ञा दी कि कोई भी पांडव जीवित नहीं बचना चाहिए| उस अस्त्र के छूटते ही प्रचण्ड अग्नि धधक उठी| ऐसा लगता था, मानो यह तीनों लोकों को जलाकर क्षण भर में भस्मसात कर डालेगी|

यह देखकर कृष्ण ने अर्जुन को इशारा किया, क्योंकि वही इस संकट से सबके प्राण बचा सकता था| गुरु द्रोणाचार्य ने इस अस्त्र को अर्जुन को भी तो सिखाया था| तब अर्जुन अपना गाण्डीव धनुष लेकर मैदान में कूद पड़ा और उसने अपने और अपने भाइयों के लिए स्वस्ति कहकर देवताओं और गुरुओं को प्रणाम और अस्त्र से ही अस्त्र का तेज शांत कर देने के लिए ब्रह्मशिर अस्त्र का प्रयोग किया| दोनों ओर से प्रचण्ड ज्वालाएं धधकती देखकर कोहराम मच उठा| जब अर्जुन ने दोनों

महर्षियों को बीच में खड़े देखा तो तुरंत ही उसने अपने अस्त्र को शांत कर दिया और इसके साथ उसने क्षमा प्रार्थना की लेकिन साथ में कहा, "हे देव ! मैं तो आपके सम्मान में अपना अस्त्र शांत कर चुका हूं, लेकिन यदि अश्वत्थामा का अस्त्र शांत नहीं हुआ तो हमारा सर्वनाश निकट ही है| अब आप ही बताइए, हमें क्या उपाय करना चाहिए?" अश्वत्थामा अस्त्र को चलाना तो जानता था, लेकिन उसको लौटाने की विधि उसको मालूम नहीं थी| इसी कारण व्यास जी के कहने पर उसने कहा, "हे महामुनि ! मैं अस्त्र को नहीं लौटाऊंगा| मैं पांडवों का सर्वनाश देखना चाहता हूं| ये बड़े अन्यायी, दुराचारी और पापी हैं|"

अश्वत्थामा के आवेश भरे शब्दों को सुनकर व्यासजी ने उसे बहुत कुछ समझाया और कहा, "मुर्ख मत बन अश्वत्थामा| देख, अर्जुन ने कभी तेरे प्राण लेने की कामना नहीं की| उन्होंने अपना अस्त्र शांत कर लिया है, इसलिए अपने हृदय की सारी कलुष भावना हटाकर अपना अस्त्र शांत कर दे| पांडवों का सर्वनाश तू क्यों चाहता है? क्या तू नहीं जानता कि जिस राज में दिव्य-अस्त्र के द्वारा ब्रह्मशिर अस्त्र निष्फल किया जाता है, वहां ग्यारह वर्ष तक पानी नहीं बरसता| यही कारण है कि अर्जुन समर्थ होते हुए भी तेरे अस्त्र को नष्ट नहीं करते| सभी का कल्याण सोचता हुआ तू अपने अस्त्र को शांत कर दे और तेरे मस्तक में जो मणि है, उसे देकर युधिष्ठिर से समझौता कर ले|"

इस पर अश्वत्थामा बोला, "हे महर्षि यह मणि तो संसार में अद्वितीय है| कहीं भी इस प्रकार की मणि नहीं मिल सकती| अगर यह किसी के पास हो तो शस्त्र, रोग, भूख, प्यास आदि की पीड़ा नहीं होती| देवता, राक्षस, नाग और चोर इत्यादि कोई भी किसी प्रकार नहीं सताता| आपकी आज्ञा का उल्लंघन मैं कभी नहीं कर सकता यह मेरी मणि है, आप चाहें तो इसे युधिष्ठिर को दे दें, लेकिन मेरा यह प्रचण्ड अस्त्र तो उत्तरा के गर्भ पर जाकर अवश्य गिरेगा| अभी तो पांडवों का वंशधर पैदा होगा| मैं उसको नष्ट करके पांडवों के वंश और कुल को जड़ समेत नष्ट कर देना चाहता हूं|"

व्यास जी अश्वत्थामा का यह क्रूर निश्चय सुनकर चुप पड़ गए, लेकिन श्रीकृष्ण ने कहा, "अश्वत्थामा, तुम्हारा दिव्य अस्त्र अपनी सारी

शक्ति दिखा दे| गर्भ का बालक मृत रूप में ही पैदा होगा, किंतु फिर भी वह जीवित होकर साठ वर्ष तक राज्य करेगा और पांडवों की वंश-परंपरा को आगे बढ़ाएगा| कौरव वंश के परिक्षीण होने पर उसका जन्म होने के कारण उसका नाम परीक्षित रखा जाएगा| कृपाचार्य उसको धनुर्वेद की शिक्षा देंगे, लेकिन अश्वत्थामा ! तुम्हें इस निर्दयता और अमानुषिकता का पूरा-पूरा दण्ड भरना पड़ेगा| तीन हजार वर्षों तक तुम्हें निर्जन देश में अकेला भटकना पड़ेगा| कोई तुमसे नहीं बोलेगा| तुम्हारी देह से पीव और रक्त की दुर्गंध निकला करेगी| तुमको कोढ़ और अनेक तरह की व्याधियां हो जाएंगी, जिसके कारण तुम्हारा जीवन निरतंर एक अभिशाप बनकर रहेगा|"

श्रीकृष्ण की बात अटल थी| अश्वत्थामा को दैव ने यही दंड दिया| मणि उससे छीन ली जाती है| द्रौपदी को अश्त्थामा पर बड़ा आक्रोश था| वह उससे अपने पुत्रों के वध का बदला चुकाना चाहती है और इसी प्रकार भीमसेन भी पूरी तरह क्रोधयुक्त होकर उसका वध करना चाहता है, लेकिन युधिष्ठिर करुणा करके उसे छोड़ देते हैं और वह अपने भाग्य पर दुखी होता हुआ वन की ओर चला जाता है| कहते हैं उसको अमरता प्राप्त थी, इसलिए आज भी कहीं-कहीं यह विश्वास प्रचलित है कि अश्वत्थामा एक दीन-भिखारी का सा रूप धारण करके नगर के भीतर आता है, लेकिन कोई उसे पहचान नहीं पाता|

इस तरह अश्त्थामा का जीवन सदा के लिए अभिशाप बन गया| उसकी क्रूरता और निर्दयता का यही परिणाम था| अंत में यही कहा जा सकता है कि जैसा अमानुषिक कृत्य अश्त्थामा ने द्रौपदी के पांचों पुत्रों को मारकर किया वैसा तो शायद महाभारत के किसी पात्र ने नहीं किया| यह बड़ा नीचतापूर्ण घृणित कार्य था. इसीलिए चाहे अश्वत्थामा कितना ही बड़ा योद्धा था और धनुर्विद्या में पारंगत था, लेकिन उसके प्रति मनुष्य के हृदय में सम्मान की भावना जाग्रत नहीं होती| यही कहना पड़ता है कि वह एक प्रकार का नर पिशाच था, जो प्रतिशोध की आग में पूरी तरह अंधा होकर नीच से नीच कार्य कर सकता था| रात्रि में असावधान और निहत्थे सैनिकों पर उसका हमला करना, महाभारत युद्ध की सारी गरिमा को नष्ट कर देता है| उस विशाल युद्ध के बारे में आज तक

कथाएं चली आती हैं कि वे सच्चे योद्धा थे, जो दिन भर संग्राम करते थे और संध्याकाल समाप्त होते ही एक दूसरे के शिविरों में आकर आपस में गले मिलते थे| यही आज के युद्ध में और उस महाभारत के युद्ध में अंतर था| उसमें छल और कपट कम था, लेकिन अश्वत्थामा ने छल से रात्रि को चोर की भांति आक्रमण करके उस गरिमा को नष्ट कर दिया| सचमुच वह उल्लू की तरह क्रूर और निर्दयी था|

* 9 7 9 8 8 8 8 3 3 2 6 3 4 *

FCW - #0284 - 061026 - C0 - 203/127/2 - PB - 9798888332634 - Gloss Lamination